FEUX FOLLETS

POÉSIES

SAINT-QUENTIN

JULES MOUREAU, IMPRIMEUR

GRAND'PLACE

—

1875

Chants d'Amour et de Paix

UN JEUNE POËTE

A SES AMIS

~~~~~~

LARMES-

~~~~~~~

Ne pleure pas, si ton cœur se déchire,
Ange d'amour ! oh ! non ne pleure pas !
Veux-tu me voir palpiter dans tes bras
Pour que bientôt s'éteigne ton martyre ?

Ne pleure pas ! — Tes larmes sont de feu,
Et tu frémis comme une tendre feuille ;
Mais ne crains rien, car l'ange les recueille,
Les pleurs d'amour qui n'offensent pas Dieu !

Laisse ton front et ta tête assombrie
Jusqu'à mon cœur doucement se pencher !
L'âme aux grands cieux, ose bien s'attacher
A l'aile d'or d'un bel ange qui prie !

La vie, hélas ! estpleine de tourments :
A ton printemps, si tu verses des larmes,
Prends garde, enfant, car de dures alarmes
Viendront encor briser tes doux moments !

N'as-tu pas vu, dans la belle nature,
La tendre fleur naître aux jours de splendeur,
Et le rayon endormir son ardeur
Sur le cristal d'une onde calme et pure ?

La feuille alors, aux arbres du hameau,
Disait tout bas à la brise légère,
Un chant secret, une tendre prière,
Et le zéphir balançait le rameau.

Soudain l'hiver au regard triste et sombre,
Vient tout couvrir d'un immense linceul !
Et l'on dirait alors que l'homme est seul !
Plus d'astre aux cieux ! dans la forêt, plus d'ombre !

Ainsi la vie et paraît et s'enfuit :
Joie aujourd'hui; demain, pleurs, amertume !
Matin brillant, mais un soir plein de brume,
Jour radieux qui s'éteint dans la nuit !

Ne pleure pas, âme vierge et candide,
Ou laisse-moi, pour briser tes douleurs,
Poser ma main sur tes yeux pleins de pleurs,
Ma lèvre aussi sur ta lèvre timide !

Ange d'amour ! oh non, ne pleure pas !
Courage, espoir, âme qui se lamente,
Dans la douleur, l'amour grandit, augmente !
Demain, qui sait ?... Oh ! non, ne pleure pas !

1874

AMOR

wwwww

..... Longumque bibebat amorem

(*Virg.* En. L. I, v, 749).

Oh ! cache-moi tes yeux, bel ange de ma vie !
Ton regard est brûlant et mon cœur va s'ouvrir !
Je tremble près de toi ! le bonheur nous convie.
Pourtant, ô tendre fleur, si j'allais te flétrir !

Quand ma main, de ton cœur, à chaque instant qui passe,
Compte les battements, il me semble toucher
Au sanctuaire saint d'un grand Dieu qui s'efface,
Et puis alors, je sens ma tête se pencher !

Si je rêve le soir, quand s'abaisse la brume,
Ton image toujours voltige près de moi ;
Et mes pensers alors, comme un encens qui fume,
S'élèvent en tremblant jusques auprès de toi !

Puis, mon âme haletante écoute l'harmonie
Qui s'échappe parfois de ton âme de feu !
Je crois entendre alors une voix infinie
Qui me parle du ciel, qui me parle de Dieu !

Quand je sens ton beau front reposer sur ma tête,
Et quand je sens ton cœur battant entre mes bras,
Mon âme semble voir tous les anges en fête
Qui chantent mon bonheur et ne s'arrêtent pas !

Ton âme se souvient des ardeurs immortelles.
Pure comme un rayon d'un astre scintillant,
Elle se mire en Dieu. — Ses palpitantes ailes
Reflètent la blancheur d'un chérubin priant !

Ta lèvre sur mon front me brûle et me consume,
Comme un feu dévorant s'attachant à mon cœur !
Ange ! si ton amour aux cieux naît et s'allume,
Hélas ! le mien, si haut, ne prend pas son ardeur !

Si tu veux qu'avec toi je vive et je palpite,
Donne-moi ces élans, qui brisent tous les cieux :
Donne-moi cette foi qui presse et qui s'agite,
Et pour vivre d'amour, ange, nous serons deux !

A · UNE · ENFANT

O toi, petite Enfant qui souris comme un ange,
Quand, sur un sein chéri, tu t'endors doucement,
Toi qui, pour tant d'amour, veux donner en échange
Mille petits baisers ou quelque mot charmant !

Écoute-moi : je veux, sur ta naïve tête,
Poser pour l'avenir mes vœux et mes souhaits.
Écoute, car on dit que la voix du poëte
A des accents sacrés qui ne trompent jamais !

J'aime ton beau regard que d'innocentes larmes,
Seules, ont pu parfois assombrir un instant;
Il est si doux, si pur, qu'il éteint les alarmes
Dans les cœurs, près de toi, brisés par le tourment !

Ton front ne s'est jamais froissé, quand la nuit sombre
Abaissant ta paupière, endormait tes beaux yeux :
Non, car tu vois toujours dans tes rêves sans ombre,
De petits Séraphins, comme toi, tout joyeux !

Tu ne sais pas, Enfant, qu'il est, non loin peut-être,
Des cœurs ne sachant plus ce que c'est que la paix,
Le calme intérieur ! S'éteignant pour renaître,
Les noirs tourments, pour eux, ne s'effacent jamais !

Sais-tu bien, belle enfant, qu'un baiser de ta bouche
Si rose et si mignonne, est un baume d'espoir
Pour ces cœurs ulcérés ? — Dans ta petite couche,
Quand une douce main vient te bercer le soir,

Quand deux yeux noirs, sur toi laissent poser leur flamme,
Tu ne te doutes pas, dans ton beau songe d'or,
Qu'une femme est ici qui, rêvant dans son âme,
Voudrait bien être enfant, ou jeune mère encor !

Pour moi, j'aurais trouvé le bonheur de la vie,
Si j'avais près de moi, pour combler tous mes vœux,
Un ange comme toi, que tout le monde envie,
Un ange comme toi, qui me rendrait heureux !

Ton baiser sur mon front, chasserait la tourmente !
L'ennui, qui fait mourir, fuirait sans revenir !
Et les accents naïfs de ta voix si charmante
Me feraient voir sans crainte à travers l'avenir !

Et puis, heureux par toi, je voudrais que ta tête
Ne se courbât jamais au soir d'un triste jour,
Et que ta vie enfin fût une longue fête,
Et tes jours tout remplis de bonheur et d'amour !

Mais, je m'égare, hélas ! — Car tu ne pourrais vivre
Ainsi seule avec moi, sans l'amour vigilant
D'une femme adorée à qui, contente et libre,
Tu pourrais, belle enfant, courir à chaque instant !

1875

LA FIANCÉE DU MANOIR

BALLADE

~~~~~~

Alors, c'était le soir,
Et les tours dentelées,
Immenses et voilées
De l'antique manoir,
Se retiraient dans l'ombre
Du crépuscule sombre.
Un chant, beau chant d'amour,
Retentit dans la plaine,
Et l'écho de la tour
De notes toute pleine,
Disait : « Pourquoi me fuir ?
Sans toi, je veux mourir ! »

Le long des galeries
Sur les rouges vitraux,
Aux peintures flétries,
Aux décors en lambeaux,
On voyait une image
Passer comme un mirage,
Et deux flamboyants yeux
Où scintillaient des larmes
Semblaient fixer les cieux.
La voix pleine d'alarmes,
Disait : « Pourquoi me fuir ?
« Sans toi, je veux mourir ! »

Un ange, ou jeune femme,
Ainsi, dans le castel,
Dans sa tendre et belle âme
Souffrait d'un mal cruel.
Mais quand brilla l'étoile,
On vit un léger voile

Errer comme un esprit
Sur sa pâle figure...
Alors le chant reprit,
Et la voix douce et pure,
Disait : Pourquoi me fuir ?
« Sans toi, je veux mourir ! »

Sous sa pure prunelle
Brilla son bel œil noir,
Fixant, de la tourelle,
Le pont du grand manoir :
Mais rien ne le soulève ;
Seule, la lune rêve
En mirant son rayon
Sur la vague argentée
D'un lac au blanc sillon ;
Et la voix tourmentée,
Disait : Pourquoi me fuir ?
« Sans toi, je veux mourir ! »

Puis, dans l'ombre cachée,
Elle ne parut plus ;
Et, la tête penchée
En regrets superflus,
Se lamentait encore :
Mais seul, l'écho sonore
Comme une voix de pleurs,
Doux soupirs d'innocence,
Répétait ses douleurs,
Et tout dans le silence
Disait : « Pourquoi me fuir ?
« Sans toi, je veux mourir ! »

Quand la clarté dorée
De l'astre qui brillait
A la voûte azurée,
Doucement scintillait,

Longtemps l'ombre rêveuse
De cette malheureuse
Erra sur les vieux murs
De la grande demeure ;
Puis, des chants doux et purs
Au tintement de l'heure
Disaient, « Pourquoi me fuir ?
Sans toi, je veux mourir ! »

Dans sa mélancolie,
Un soir qu'elle rêvait
Caressant sa folie,
Son œil apercevait
Une image légère
Glissant dans la poussière ;
Soudain l'accent d'un cor,
Bien loin se fit entendre :
La voix chantait encor,
Mais plus douce et plus tendre,
Disant : « C'est trop souffrir !
Sans toi, je veux mourir !

On vit à la fenêtre,
Le soir du lendemain
En se tenant la main,
Deux ombres apparaître
On les voyait sourire,
Et puis tout bas se dire
Quelque secret serment
Du cœur ou bien de l'âme ;
Sans pleurs et sans tourment,
La belle jeune femme,
Disait : « Assez souffrir !
« Je ne veux plus mourir ! »

1874

HEURES D'ANGOISSES

~~~~~~~

..... Luctuque absumor inerti.

(Val. Flac.)

Puisque mon âme souffre, ange console moi ;
    Oh ! viens pencher ta tête
Sur mon front assombri, sur mon cœur en émoi;
    Mon âme est inquiète !

O toi, qui sais prier ! viens donc donner la paix
    A ma pensée amère !
Car tout fuit près de moi; tout s'éteint à jamais
    Dans la vie éphémère !

Faut-il croire au bonheur quand il n'existe pas,
    Ou qu'il fuit comme une ombre ?
Quand le vide partout se creuse sous nos pas
    Dans la nuit toujours sombre !

Il passe dans les airs de séraphiques voix,
    Ange, d'où viennent-elles ?
Serait-ce des concerts s'échappant quelquefois
    Des sphères éternelles ?

Et mon âme en suspens écoute, écoute encore !
    Mais leurs accents s'effacent,
Ne disant rien des cieux où les étoiles d'or
    Et scintillent et passent !

La feuille au crépuscule, au profond des forêts,
    Parle bas à la feuille ;
Pour saisir quelquefois ces chants et ces secrets
    Mon âme se recueille :

Hélas! tout est muet pour l'amère douleur
    D'une âme déchirée !
Viens languir et mourir à l'ombre du malheur,
    Pauvre fleur torturée !

O toi qui ne sens point ces longs déchirements
    Aux heures de tristesse,
Viens donc poser ton cœur sur mes affreux tourments!
    Viens, car le mal me presse !

Quand ton brûlant regard, illuminant ton âme,
    Jusqu'en haut se soulève,
Oh! dis-moi, ton bonheur, ardent comme une flamme,
    Ne serait-il qu'un rêve ?

Prier! ah! je m'en souviens, c'est embrasser l'espoir
    Dans une pure étreinte !
Prier! c'est s'endormir quand redescend le soir,
    Calme, heureux et sans crainte !

Ange! tends-moi la main et montre-moi les cieux ;
    Si mon âme palpite, .
C'est qu'elle vit encor : viens, nous prîerons à deux :
    Viens l'amour nous invite !

La souffrance d'hier, par l'espoir de demain,
    Devient moins déchirante :
Ah! sur ton cœur si pur, laisse poser ma main
    Et ma tête expirante !

L'infini me dévore et je ne sens plus rien
    Qu'une tourmente affreuse!
Mon âme! qui pourrait déchirer ce lien
    Qui t'enchaîne et te creuse ? .

Pourquoi donc, chaque jour, ce vague et triste ennui
    Qui naît avec l'aurore,
Et me poursuit parfois, lorsque le jour a lui,
    Comme un feu qui dévore?

Ange! si je priais! comme aux jours de bonheur,
    Quand la sainte espérance,
Gardant une foi pure, au profond de mon cœur
    Apaisait la souffrance!

Si je priais! hélas! je ne sais plus prier!
    Le tourment me déchire :
Et quand je vois là-haut des lueurs scintiller,
    Mon âme en vain respire.

O toi, dont le regard se lève calme et pur
    Dans l'ardente prière,
Dis-moi que ton bonheur n'est pas au ciel d'azur
    Un fantôme éphémère!

Dis-moi qu'il faut aimer, aimer pour être heureux.
    Si le Seigneur t'écoute,
Si l'espoir me sourit, mon regard radieux
    Transpercera le doute!

Quelle fatale nuit me cache tour à tour
    La paix et l'espérance?
Dois-je donc toujours vivre et sans foi, sans amour,
    Brisé par la souffrance?

O toi qui sais aimer, viens épancher tes pleurs
    Sur mon âme brisée!
Palpite dans mes bras : — Ah! si de mes douleurs
    La coupe est épuisée!

La vie est un ennui qui va se tourmentant
    Jusqu'au bord de la tombe.
L'ennui, c'est le désir, passion d'un instant,
    Qui s'élève et retombe!

Nous cueillons quelquefois une fleur sous nos pas,
　　Puis, la main la rejette.
Ainsi meurt chaque jour qui ne s'attache pas
　　A notre âme inquiète !

Ange, dis-moi toujours que l'amour est pour nous
　　La volupté suprême :
Et te prenant la main, nous prierons à genoux
　　Dans un bonheur extrême !

〜〜〜 1875 〜〜〜

Saint-Quentin. — Imprimerie Jules Mounrau.

www.ingramcontent.com/pod-product-compliance
Lightning Source LLC
Chambersburg PA
CBHW061444170626
46811CB00005B/2367